Laugier

Poésies fugitives

ouvrage posthume

1822

Laugier

Poésies fugitives

ouvrage Posthume

1822

POÉSIES FUGITIVES

DE

J.-F. Laugier.

OUVRAGE POSTHUME.

MARSEILLE.

IMPRIMERIE DE ROUCHON, RUE St.-FERRÉOL.

Décembre 1822.

POÉSIES FUGITIVES.

VERS

Adressés à S. A. R. Madame la DUCHESSE D'ANGOULÊME, *à l'époque heureuse de sa rentrée en France.*

Idole des Français, princesse infortunée,
Grande par tes vertus, grande par tes malheurs,
Daigne agréer les vœux que toute âme bien née
Adresse au ciel pour toi; taris enfin tes pleurs:
Un avenir plus beau luit pour l'illustre fille
Du plus juste des Rois, du plus grand des mortels;
Le bras de Dieu soutient son auguste famille,
Je vois déjà l'encens fumer sur ses autels.
Louis du haut du ciel vit la France éplorée;
Il gémit sur ses maux, et s'adressant à Dieu;
» *Dieu de bonté*, dit-il, *sur la France égarée*
» *Jète un regard du haut de ce céleste lieu,*
» *Je l'ai toujours aimé ce peuple débonnaire*
» *Dont quelques factieux usurpèrent la voix;*
» *Quelques enfans séduits méconnurent leur père,*
» *Mais je sus pardonner comme toi sur la croix.*
» *Que mon sang, ô Français! puisse vous être utile,*
» *Je vous pardonne à tous mon supplice et ma mort,*
» *Leur dis-je, helas! Jésus dans son saint évangile,*
» *M'ordonne, ô mes enfans, d'oublier votre tort!*

1

» *Seigneur, daigne exaucer mon ardente prière!*
» *Les Français repentans sont dignes de pardon :*
» *Je sais que ma mémoire à chacun d'eux est chère,*
» *Pour finir tous leurs maux, donne-leur un Bourbon* ».
Le Seigneur exauça la prière d'un juste;
Appaisé par Louis, il pardonne aux Français.
Le Ciel en nous rendant cette famille auguste,
Nous rend et le bonheur et la joie et la paix.
Le ciel te favorise et la France t'adore,
Illustre rejeton d'un grand et d'un saint Roi;
De l'aquilon au sud, du couchant à l'aurore,
Le Monde entier t'admire et fait des vœux pour toi.
De tes adorateurs je suis le plus fidèle,
Parmi tes chevaliers daigne marquer mon rang:
Pour défendre tes droits et ta sainte querelle,
Je suis prêt à verser le plus pur de mon sang;
Dispose de ma vie, elle est à ton service;
Je suis prêt à voler aux combats, à la mort.
S'il m'est permis de faire un si beau sacrifice
Je rendrai grâce au ciel, je bénirai mon sort.
Puisse pour le bonheur de la France et du Monde,
La vertu du Très-Haut faire naître de toi
D'illustres rejetons une tige féconde
Où nos derniers neveux puissent trouver leur Roi;
Puisse le ciel enfin bénir tes destinées
Et te faire oublier des souvenirs cruels;
Puisse-t-il t'accorder d'éternelles années
Et l'univers un jour te dresser des autels.

VERS

Inspirés par la reconnaissance, à M. Chevalier, *Préfet du Var.*

Généreux magistrat, dont le cœur fut sensible
Au tableau déchirant de mes cruels malheurs,
Dont la pitié rendit mon état moins pénible
Et fit presque tarir la source de mes pleurs,
De mes concitoyens l'interprête et l'organe,
Que n'ai-je d'Apollon le luth harmonieux!
Des humbles bords d'Argens à ceux de Taprobane,
De mon humble demeure à la voûte des cieux,
Je ferais retentir de tes vertus sublimes
L'éloge véridique et si bien mérité;
Et mes contemporains et la postérité,
En faveur de ton nom donneraient à mes rimes
Quelque peu de relief et de célébrité.
Mais hélas! je ne puis désormais de ma lyre
Faire sortir des sons qui soient dignes de toi,
Dignes de célébrer les vertus d'un grand Roi
Que le bras de Dieu guide et que Minerve inspire.
Je ne puis en tirer que de lugubres sons,
Mes vers depuis long-temps sont privés d'harmonie,
Je ne connais plus l'art de varier mes tons,
Le malheur est hélas! l'ennemi du génie;
Ma Muse ne sait plus que peindre la douleur;
Cependant tout-à-coup je sens qu'en ta présence
Le noble sentiment de la reconnaissance
N'est pas eccore éteint dans mon sensible cœur.

LE CHOIX.

Poème imité de l'Anglais.

Si le ciel généreux, sensible à ma prière,
Me laissait l'heureux choix de vivre à ma manière ;
Si le sort bienfaisant, du reste de mes jours
D'un peu plus de fortune embellissait le cours,
J'aurais, près d'une ville agréable et riante,
Sous un côteau superbe, une maison charmante :
Elle ne serait pas d'une énorme grandeur,
Tel qu'on voit le palais d'un opulent seigneur ;
J'éviterais aussi qu'elle fut si petite
Que l'on pût avec peine y loger un ermite ;
Je voudrais que bâtie avec simplicité,
Elle unît l'agrément à la salubrité,
Qu'au lieu des ornemens et du faste des villes,
Elle ne renfermât que des meubles utiles,
Le simple nécessaire et rien de superflu,
(De chimères mon cœur ne s'est jamais repu) ;
Un jardin arrosé des pleurs d'une naïade
Dont l'eau retomberait en riante cascade,
Verserait dans mon sein les précieux présens
Que prodiguent l'automne et le riche printemps ;
Des filles de ce dieu les nombreuses familles,
Pour couronner le front des bergères gentilles,
S'empressant à l'envi d'éclore sous leurs pas,
Déploiraient leurs couleurs, leurs charmes, leurs appas.

Chez moi, tous les matins, mille nymphes jolies
Se pareraient des fleurs qu'elles auroient cueillies,
De mes arbres soignés pendraient les plus beaux fruits,
De mes robustes plants les fertiles produits,
Et le cep tortueux de l'amoureuse treille
Étalerait aux yeux une grappe vermeille;
Flore d'un tapis vert embellirait ce sol,
Dans un bosquet voisin le tendre rossignol,
D'un chant mélodieux égayant le bocage,
En ferait retentir l'écho du voisinage :
Un pré frais et riant, paré de mille fleurs,
Étalerait au loin de brillantes couleurs;
De tilleuls, de peupliers une pompeuse allée
Que l'homicide faulx n'aurait point violée,
Des rayons de Phébus écarterait les traits;
Au bout de ce sentier, sous un ombrage frais,
De la réflexion inviolable asile,
Loin du fracas du monde et du bruit de la ville,
S'élèverait sans faste un cabinet savant;
Ces auteurs dont l'esprit sera toujours vivant,
Tels qu'*Homère*, *Virgile*, *Ausonne*, *Perse*, *Horace*,
Ainsi que *Juvenal*, y trouveraient leur place;
Le rapide *Pindare* au vol audacieux,
Si digne de chanter les héros et les dieux;
Properce se plaignant des rigueurs de *Cynthie*,
La sensible *Sapho* renonçant à la vie,
Ayant envain tenté de ramener *Phaon*,
Dans mes recueils choisis retrouveraient leur nom;
Je n'oublierais point les beaux vers de *Catulle*,
Ni les accens plaintifs de l'amoureux *Tibulle*;

Ovide, malheureux et trop sensible au jour,
Qui dépeignit si bien le pouvoir de l'amour;
Ovide que l'on cite aux amans pour exemple,
Y serait révéré comme un dieu dans son temple :
Cet auteur est divin, un immortel esprit,
Un solide savoir brille en ce qu'il écrit ;
Il peignit son amour avec des traits de flamme,
Et sa plume dit moins que ne sentit son âme.
Lorsque la sombre nuit aurait fait place au jour,
Avant que le soleil eût commencé son tour,
Après avoir béni l'auteur de la nature,
Je mettrais mon plaisir à choisir ma lecture
Dans un de ces auteurs qui me plairait le mieux.
Les instans les plus doux, les plus délicieux,
Sont ceux que l'on emploie à quelque utile étude ;
Elle chasse l'ennui, la sombre inquiétude,
Elle verse dans l'âme un baume bienfaisant;
La lecture est du cœur le plus doux aliment.
J'aurais une fortune aisée et suffisante
Pour vivre noblement sans la pompe insolente
Que le riche orgueilleux étale avec fierté ;
Plus d'or ne donne pas plus de félicité.
Je serais satisfait qu'une rente assurée
Suffit à ma dépense honnête et modérée,
Pourvu qu'en même temps j'eusse assez pour pouvoir
Obliger un ami, quand il viendrait me voir.
Le pauvre, sous le chaume entouré de misère,
Recevrait de mes mains un secours nécessaire;
De tout mon superflu je lui ferais présent :
Car tout ce que le ciel libéral, indulgent,

Nous a donné de trop dans sa bonté suprême,
Doit avec notre encens retourner à lui-même.
Des mets peu recherchés, mais salubres et bons,
D'une main délicate apprêtés sans façons,
Couvriraient une table abondante et frugale;
Mes hôtes recevraient une faveur égale;
L'étranger arrivant au milieu du festin,
Y serait invité d'un air doux et serein.
L'abondance des mets cause les maladies;
Ce ragoût recherché que des mains trop hardies
Apprêtent avec art, produit la volupté,
Enflamme notre sang et ruine la santé.
Je prendrais seulement pour toute nourriture,
Sans m'écarter jamais du but de la nature,
Ce qui rend le corps sain et prolonge les jours.
Le soir, quand le soleil aurait fini son cours,
Je remercirais Dieu, par une humble prière,
D'avoir sémé de fleurs ma paisible carrière.
J'aurais daus mon cellier toujours le meilleur vin
Que produit à Vougeot le plus exquis raisin;
Le vin donne à l'esprit une force nouvelle;
Il rend notre pensée et plus fine et plus belle,
Il bannit de nos cœurs les soucis et l'ennui,
Du vieillard chancelant le bon vin est l'appui.
Mais souvent ces grands biens que le ciel nous envoie,
Sont, hélas, consumés dans une folle joie!...
L'excès du vin produit des désordres affreux;
Des amis dans le vin se déchirent entr'eux;
Aux nôces de Pélops, cette horrible querelle,
Qui fit couler le sang sous les yeux d'une belle,

N'eut point d'autre motif qu'un excès de boisson.
On ne verrait jamais ce train dans ma maison;
L'ordre, la politesse, une conduite sage,
Régneraient en tout temps dans mon humble ménage,
Et je ne voudrais pas faire, au mépris du ciel,
De ses dons généreux un abus criminel.
J'aurais soin de bannir la licence coupable
De mon heureux manoir ainsi que de ma table;
Un voisin poliment serait reçu chez moi;
Je voudrais qu'on y fût comme l'on est chez soi,
En toute liberté, sans embarras, sans gêne;
(Selon moi l'étiquette est une dure chaine):
En tout temps, en tous lieux, il doit être permis
D'en agir librement entre de vrais amis.
La gaîté, quand elle est douce, innocente et pure,
Ne saurait offenser l'auteur de la nature.
Pour rendre mes instans plus fortunés encor,
Plus paisibles, plus doux que ceux de l'âge d'or,
J'aurais soin de choisir deux amis véritables,
Toujours de bonne humeur, doux, bons, bien nés, affables,
Leur joyeux entretien, leur douce aménité,
Ajouteraient beaucoup à ma félicité;
Je voudrais les connaître ainsi que mon bréviaire,
Et qu'ils eussent surtout le meilleur caractère,
Spirituels, badins, mais sans méchanceté,
Enjoués et plaisans, mais sans légèreté,
D'un discernement prompt, d'un jugement facile,
Laconiques et froids, mais pressans dans leur style,
Dans leurs raisonnemens, nerveux et modérés,
Et soutenant leur thèse en hommes éclairés,

Naïfs, aimables, gais, dans les choses plaisantes,
Mais graves en traitant de choses importantes,
Hardis en certains cas, sans être fanfarons,
Détestant les duels, mais sans être poltrons,
Ennemis de l'envie et de la médisance,
Étrangers à la haine ainsi qu'a la vengeance,
Ne se mêlant jamais des affaires d'État,
Laissant ce noble soin au prince, au magistrat;
Vrais comme les martyrs le furent pour leur maître,
Abhorrant les complots ou d'un lâche, ou d'un traître,
Fidèles à leur prince et prompt à le servir,
Soit qu'il fallût combattre ou qu'il fallût mourir.
Je voudrais vivre auprès d'une modeste belle,
D'une femme qui fût tendre, spirituelle;
La femme obtint du ciel tant d'agrémens divers!
Son langage est si doux! L'auteur de l'Univers,
Pour adoucir les maux dont cette courte vie,
Par un destin bisarre est sans cesse suivie,
Donna la femme à l'homme en un jour de faveur,
Et près d'elle plaça le solide bonheur.
On trouve en tous les temps dans l'esprit d'une femme,
Je ne sais quoi de beau qui retrempe notre âme,
Nous enchante, nous plaît, nous séduit tour-à-tour,
A son gré nous gouverne et force notre amour;
L'homme n'a point en lui cet aimant redoutable
Qui lui soumet les cœurs et rend la femme aimable;
Auprès d'elle on jouit d'un sort délicieux;
La femme seule a droit de faire des heureux:
Insensé qui s'oppose et résiste à ses charmes!
L'amour même à ses pieds met quelquefois ses armes.

Je voudrais qu'elle sût régler ses passions,
Et que l'on pût louer toutes ses actions;
Qu'elle fût en public honnête, intéressante,
Gaie en particulier, sensible et complaisante,
Froide comme la glace avec un fanfaron,
Avec un petit-maître et gens du même ton;
Sachant avec dédain refuser leur visite;
D'un accès gracieux pour l'homme de mérite,
Constante dans ses goûts ainsi que dans sa foi,
Bonne pour tout le monde et sensible pour moi;
Q'unissant au courage une rare prudence,
Elle fut intrépide et fière sans jactance,
Qu'elle pût voir sans crainte un péril imminent,
Le combattre, le vaincre ou périr noblement;
Elle me déplaîrait ou trop humble ou trop fière,
Mais je voudrais la voir montrer du caractère,
Dans un cas imprévu prompte à délibérer,
A suivre un bon conseil ou bien à le donner;
Qu'elle s'exprimât bien, qu'elle pensât de même,
Qu'en parlant elle sût éviter chaque extrême;
On montre en parlant trop peu de solidité,
On prouve en parlant peu trop de stupidité.
Je voudrais qu'à se taire elle fût la première,
Que sa conduite en tout fût sage et régulière,
Et que tous ses plaisirs aussi purs que son cœur
Ne l'écartassent point du sentier de l'honneur;
Que complaisante autant qu'elle serait jolie,
Elle fût envers tous prévenante et polie,
Sans morgue, sans orgueil, sans haine et sans fierté,
Chez elle recevant chacun avec bonté,

Novice en tromperie ainsi qu'en imposture,
A l'abri de tout blâme ainsi que de censure,
Je voudrais qu'on pût dire : « *Heureux sont ses amis !*
» *De son sexe enchanteur elle est le vrai Phénix* ».
Je me rendrais souvent auprès de cette belle ;
Son langage divin, quelque grâce nouvelle,
Feraient naître en mon cœur mille nouveaux plaisirs ;
Je rentrerais chez moi plein de doux souvenirs,
Exempt de noirs chagrins, libre d'inquiétude,
Et les soucis bourrus fuiraient ma solitude :
Sans fierté, sans orgueil et sans ambition,
Ennemi prononcé de la dissention,
Sans m'avilir au point de flatter le vulgaire,
Je serais familier, sans être populaire ;
Et si jamais l'État avait besoin de moi,
Pour servir mon pays ou défendre mon Roi,
Leur attente à coup-sûr ne serait point trompée ;
Je leur consacrerais ma plume ou mon épée,
Ma langue, mon conseil, et mon cœur et mon bras,
Et saurais affronter un glorieux trépas.
De cet antre odieux où toujours la chicane
Aux accens de Thémis mêle sa voix profane,
Où la fraude domine, où décide l'orgueil,
Avec le plus grand soin j'éviterais le seuil :
L'on ne m'y verrait pas faire une humble courbette,
En attendant l'arrêt qu'il faut que l'on achète.
Je serais généreux envers mon ennemi,
D'un rival irrité je ferais un ami.
Si le dieu du bonheur filait mes destinées,
Si le ciel prolongeait le cours de mes années,

Je coulerais mes jours dans une douce paix.
Quand mes pas chancelans, lorsqu'un nuage épais
M'annonceraient la fin de ma longue carrière,
Avant l'instant fatal de mon heure dernière,
Je me déchargerais du soin de tous mes biens
Sur ceux de mes parens qui furent mes soutiens.
Ne m'étant point soumis aux nœuds de l'hyménée
Dont je n'ai jamais cru la chaîne fortunée,
Je serais sans regret, de laisser mes enfans
Avilis, opprimés, malheureux, indigens :
Sans remords, sans chagrin, sans trouble et sans alarmes,
Sans le moindre soupir, sans sanglots et sans larmes;
Je me préparerais à mon dernier destin,
Et le soir de mes jours serait le plus serein;
Peu de larmes peut-être arroseraient mes cendres,
Mais ce seraient les pleurs des amis les plus tendres :
Témoins de mon départ, sans trouble et sans effroi,
Mes amis voudraient vivre et mourir comme moi.

AVIS

A MON FILS.

Dans l'âge heureux d'une tendre jeunesse,
Apprends, mon fils, à bien user du temps,
Et n'attends pas que la froide vieillesse
Ait affaibli ta verve et tes talens :
Abreuve-toi de l'onde d'Hypocrène,
Fais connaissance avec les doctes sœurs;
Lorsque l'on boit à la même fontaine,
On en obtient aisément les faveurs.
Quand tu sauras bien parler leur langage,
Choisis alors le sujet de tes chants;
Mais que Dieu seul ait ton premier hommage,
Qu'il soit loué par tes premiers accens:
Tout vient d'en haut, et le ciel seul dispense
Des vrais talens les précieux bienfaits:
Qui méconnait les dieux et leur puissance,
Du vrai bonheur ne peut goûter la paix.
Consacre ensuite au Prince, à la Patrie,
De ton amour la tendre expression.
De tes parens, la mémoire chérie
A quelque droit à ton affection.
De l'Univers, l'admirable structure
Offre partout un superbe tableau,
Et dans le sein de la riche nature
Tout est riant, majestueux et beau.

Si le dessin est l'art que tu préfères,
Quand le printemps s'est couronné de fleurs,
Peins le lilas, les roses printannières,
Et de l'œillet les riantes couleurs;
A tes côtés un site magnifique
Offre à tes yeux mille objets attrayans;
Prends tes pinceaux et là, d'un chêne antique,
Peins avec art les rameaux et les glands:
Un peu plus loin, un paisible bocage
Ouvre un asile aux bergers amoureux;
Là, leurs troupeaux, les filles du village
Dans leur gaîté bondissent avec eux;
Prends tes crayons, dessine ces bergères,
De l'innocence elles sont le portrait;
Décris leurs jeux et leurs danses légères,
Leur teint de rose et leur gorge de lait.
Sous un haut pin ou sous l'ombre d'un hêtre,
Un vieux berger, d'un air riant et doux,
Tire des sons de sa flûte champêtre
Dont Pan lui-même aurait été jaloux:
Te souvenant qu'Apollon chez Admète
Garda jadis, comme lui, les troupeaux,
Et que chargé du faix d'une houlette,
Il conduisit de timides agneaux,
Empresse-toi de dessiner ses gestes
Et d'imiter les traits de sa gaîté:
Son frais visage offre encor de beaux restes;
Il plut à Diane et Racan l'eût chanté.
Si l'air des champs te ravit et t'enchante,
Porte tes pas vers le hameau voisin;

Un clair ruisseau paisiblement serpente,
Et de son onde arrose un beau terrein :
Arrête-toi, rends hommage à Pomone,
Cette déesse est propice aux mortels :
Décris les fruits qu'à prodigué l'Automne,
L'automne aussi mérite des autels ;
Ses doux présens mêlés à ceux de Flore
Ornent la terre et la table des dieux,
Et le nectar qu'Hébé leur verse encore
Est l'élixir de ces fruits gracieux.
Un voile épais soudain couvre le Monde,
Le jour devient comparable à la nuit,
Au haut des airs le grand Jupiter gronde,
Dans ce cahos la foudre seule luit ;
C'est le moment de montrer ton génie
Et de tracer cette sublime horreur ;
Que ton dessin, ressemblante copie,
Porte dans l'âme une égale terreur ;
Là, qu'un torrent se roulant des montagnes,
Entraine tout, emporte les maisons,
Et qu'innondant les voisines campagnes,
Dans son courroux détruise les moissons ;
Qu'ici, l'aspect de ses affreux désastres
Glace d'effroi le laboureur tremblant,
Et qu'élévant ses deux mains vers les astres ;
Il cherche au ciel un secours tout-puissant.
Si des beaux vers tu te sens la manie,
Et que ton cœur soit sensible aux doux sons ;
Invoque alors Euterpe et Polimnie,
Mais d'Érato fuis les molles chansons ;

Chante les bois, les bergères naïves,
Leur innocence et la paix des hameaux;
Et sur les bords des ondes fugitives
Mèle ta voix aux chants gais des oiseaux;
Chante les prés émaillés de verdure,
D'un frais bosquet les arbres toujours verts;
D'un clair ruisseau le lent et doux murmure
Au cœur sensible inspire de beaux vers.
Dans une grotte où la nymphe soupire,
Porte tes pas sans troubler son sommeil;
Et si les sons échappés de ta lyre
Hâtent trop tôt l'instant de son réveil,
Plains ses tourmens, console cette belle,
Et guéris-la d'un amour malheureux;
Dépeins-lui bien, toujours chaste et fidèle,
Du dieu malin le pouvoir dangereux,
De la vertu vante les avantages,
Embrâse-la des plus chastes désirs,
Inspire-lui, par des maximes sages,
Qu'un Dieu traça le goût des vrais plaisirs.
Si Melpomène a pour toi quelques charmes,
Si tu ne crains d'exposer des horreurs,
Et si ton cœur est sensible à ses larmes,
Trace des Rois les tragiques fureurs;
Mais que tes vers toujours beaux et sublimes,
Soient le langage ou d'un prince ou d'un Roi:
Que tes accens, rappelant de grands crimes,
Portent dans l'âme un salutaire effroi.
Si la gaîté de la folle Thalie
Sait de ton cœur éloigner les soucis,

Peins des mortels la diverse folie ;
Sans nulle aigreur, mais toujours par des ris.
C'est en rendant le vice ridicule
Que l'on parvient à corriger les mœurs :
Un pédagogue armé d'une férule,
Loin de changer ne fait qu'aigrir les cœurs.
Un champ plus vaste et de plus longue haleine
Tente l'esprit d'un vrai fils d'Apollon ;
Mais cet ouvrage exige plus de peine,
De la trompette il veut le mâle son.
D'un roi vaillant, d'un guerrier magnanime
Veux-tu chanter les glorieux exploits ?
Monte ton luth sur un ton plus sublime,
Invoque alors les neuf Sœurs à la fois.
Si Calliope, à tes vœux favorable,
Dicte elle-même et t'inspire des vers,
Ton beau poëme à jamais admirable
Vivra, mon fils, autant que l'Univers.
Si tu parviens à fournir ta carrière,
Suspends ton luth dans le temple des dieux ;
Borne-toi là ; ta gloire est toute entière,
Et prends ton vol vers les sublimes lieux ;
Tu jouiras dans ce séjour de gloire
De tes travaux, du fruit de tes vertus,
Tes vers gravés au temple de mémoire
Seront chantés par Orphée et Linus.
Le démon seul inventa la satyre,
N'écoute point son odieuse voix ;
C'est un art vil que celui de médire,
Il est proscrit et des dieux et des lois.

A Juvenal laisse son hyperbole ;
Son livre est plein d'affreuses vérités :
Mieux eût valu qu'il restât sans parole,
Que de décrire autant de saletés.
Qu'on puisse dire, en ouvrant un volume
De tes écrits : « honorons-en l'auteur ;
» Jamais de fiel il ne souilla sa plume,
» Son style fut aussi pur que son cœur ».
Si, favori de la docte Uranie,
Tu crois pouvoir planer au haut des cieux,
Et pénétrer, aidé de son génie,
Jusqu'aux séjour habité par les dieux,
Tracer le cours de ces globes immenses
Que notre œil voit tourner autour de nous ;
Pour calculer leur nombre, leurs distances,
Il faut, mon fils, d'un beau succès jaloux,
Bien consulter auparavant Euclide,
Franklin, Descarte et Kepler et Newton,
Prendre quelqu'un de ces savans pour guide,
Des hauts calculs apprendre la raison ;
Et tu pourras, quoique imparfait encore,
Nous démontrer les lois du mouvement,
Ce qui produit tel ou tel météore ;
Et le tonnerre et la pluie et le vent ;
Et raconter aux hommes les merveilles
Que le Grand-Être opère tous les jours.
Il faut, mon fils, pour cela que tu veilles
Long-temps avant d'en savoir tout le cours ;
Que tes progrès dans ces hautes sciences
Ne t'enflent point le cœur d'un vain orgueil ;

Car plus on croit avoir de connaissances,
Et plus souvent on est près de l'écueil.
Rapporte à Dieu tout ce que tu possèdes
Et de talens et de profond savoir,
Dis-lui : « *Grand Dieu, si toi-même ne m'aides,*
Mon faible esprit ne peut rien concevoir,
Dans ton ouvrage humblement je t'adore,
Je reconnais que l'homme ne sait rien,
Et que sans toi, son esprit faible ignore
Quel est le mal, quel peut être le bien ».
Si de Clio le beau talent te touche,
Que le vrai seul embellisse ton art,
De tes écrits ainsi que de ta bouche
Bannis, mon fils, le mensonge et le fard.
L'écrivain sage, exact et véridique
Doit avec art soigner sa diction,
Mais ne doit point, aux fleurs de rhétorique
Mêler des faits de pure invention;
Sans aucun fiel, transmettre à la mémoire,
Des faits passés l'exacte vérité,
Est le seul but que doit avoir l'histoire,
Le seul qui soit de quelque utilité,
Et le lecteur qui se plaît à s'instruire
La lit alors avec plus d'agrément;
Il la commente, et sage, il en retire
Ce qu'elle peut avoir d'intéressant.
Lis Tite-Live, et Tacite et Salluste,
Et sois comme eux élégant et concis;
Leur jugement était bon, était juste;
Fleuris, nerveux dans leurs charmans récits,

Historiens impartiaux, fidèles,
Ils ont écrit et sans haine et sans fiel;
Leur style pur, leurs dictions si belles
Leur ont acquis un laurier immortel.
Si dans cet antre, où mugit la chicane,
Un innocent invoque ton secours,
Que de Thémis ta bouche soit l'organe,
Tonne et foudroie en défendant ses jours.
Ne fais point trêve avec la violence,
Lève le masque à l'habile imposteur;
La vérité donne de l'éloquence
Et fait pâlir un barbare oppresseur:
Ne fléchis point sous les regards sinistres,
Ni sous l'orgueil d'un protecteur puissant;
Des saints décrets les vertueux ministres
Tout d'une voix absoudront ton client:
De l'orphelin protège l'héritage
Et de la veuve, en ce siècle de fer,
Venge les droits et l'injure et l'outrage,
Aux malheureux sers toujours de bouclier.
N'embrasse point cette noble carrière,
Sans invoquer l'ombre de Cicéron,
De ses écrits l'éclatante lumière
Guida toujours le sage Lamoignon;
Parmi les Grecs consulte Démosthène,
Son éloquence entraînait tous les cœurs,
Du vil tyran de la Grèce et d'Athènes
Il foudroyait les amis protecteurs.
L'art de guérir est l'art le plus sublime,
Le plus utile et le plus relevé,

Au noir tartare il ravit sa victime,
Dans l'âge d'or un dieu l'a cultivé.
Si tu choisis par goût la médecine,
Lis et commente HIPPOCRATE et GALIEN;
De ces auteurs la science divine
Sera pour toi le plus ferme soutien;
BOERHAAVE est un bon guide à suivre;
Tu dois sans cesse, aidé de ces savans,
Du corps humain consulter le grand livre,
Les fonctions, les divers mouvemens.
Si tu veux faire un cours de botanique,
Que JUSSIEU, LINNÉE et TOURNEFORT,
Dans cette étude utile et méthodique,
De leurs leçons secondent ton effort;
Mais que pour toi cette étude charmante
Ait des attraits à d'autres inconnus;
On ne doit pas seulement d'une plante
Savoir le nom; mais encor les vertus.
Ainsi quelque art que ton esprit cultive,
Mon fils, travaille avec un noble effort.
Le nautonnier éloigné de la rive
Fatigue avant d'atteindre l'heureux port.
A ces avis que mon amour m'inspire
Je crois devoir joindre d'autres leçons;
Estime plus dans ce que je vais dire
Le sens moral que la beauté des sons;
Je ne fais point usage d'hyperbole,
La vérité s'annonce par ma voix,
Tu peux, mon fils, croire sur ma parole
Ce que je dis, comme de saintes lois.

J'ai parcouru des villes, des royaumes,
J'ai fréquenté diverses nations,
J'ai pu long-temps étudier les hommes
Et les connaître en mille occasions;
J'ai vu partout des flatteurs et des traîtres,
J'ai peu trouvé d'hommes de bonne foi;
J'ai rencontré des esclaves, des maîtres,
Ceux-là rampans, ceux-ci donnant la loi;
Partout j'ai vu l'ingrat lever la tête,
L'homme de bien partout humilié,
L'homme pervers, atteignant le haut faîte,
Et le mérite en tous lieux oublié.
En quelque état que t'ait mis la fortune,
Sois sans orgueil dans la prospérité,
Mais munis-toi d'une âme peu commune
Dans les périls et dans l'adversité;
Fuis les procès comme on fuit le repaire
D'un lion ou d'un ours affamé,
Thémis n'est plus qu'une vaine chimère,
Son temple auguste est pour toujours fermé;
De Harpagons, une clique maudite
Est à sa porte, où toujours haletans,
A l'honnête homme ils font prendre la fuite
Et sans pudeur détroussent les passans.
Garde-toi bien, infidèle à ton Prince,
De te mêler des affaires d'État;
Le noble soin de régir la province
N'est dévolu qu'au sage magistrat.
Plus qu'il ne faut ne tient pas à la vie:
Si ton pays implore ton secours,

Sache, mon fils, pour servir ta Patrie
Sans nul regret sacrifier tes jours.
N'offense point, mais ne crains pas les hommes,
Ne les hais pas, quand même ils soient méchans;
Nous avons tous, fragiles que nous sommes,
Quelques vertus et de faibles penchans.
Ne sois point dupe et ne dupe personne:
Mais quand le monde est rempli de pervers,
Sois attentif sur ce qui t'environne;
La bonne foi n'est plus dans l'Univers.
Aime la paix, suis le conseil du sage,
Et fais du bien, même à tes ennemis,
Mais près de toi laisse gronder l'orage,
Tout à Dieu seul ici-bas est soumis.
Dans un amas de frivoles richesses
Ne fais jamais consister ton bonheur;
Dieu seul nous fait de solides largesses,
Lorsqu'il rend pur le fond de notre cœur.
La vie est courte; à peine à son aurore
L'homme déjà penche vers son couchant.
Ce vil métal que l'homme avare adore
Ne peut payer la rançon du méchant.
Sois immuable autant que l'est le Monde;
La mort viendra pour guérir tous nos maux;
La même fosse également profonde
Attend le prince et l'hôte des hameaux.
Pour renfermer en deux mots ma morale,
Ne cesse point de vivre en bon chrétien;
Et quand la mort, à ton heure fatale,
De ton double être aura brisé le lien,

Tu paraîtras sans trouble et sans alarmes
Devant ce juge à qui rien n'est caché ;
Du vrai bonheur tu goûteras les charmes,
Quand le méchant pleurera son péché.
Au tribunal de ce juge suprême
Le juste heureux n'arrive point tremblant ;
Le méchant seul s'y montre pâle et blême,
Les yeux baissés et le pas chancelant.

TRADUCTION LIBRE

Du discours de César à ses soldats, avant le passage du Rubicon.

« Illustres compagnons de mes travaux guerriers,
Vous qui, depuis dix ans, partagez mes lauriers,
Le sénat me poursuit et Rome vous offense.
De nos communs périls telle est la récompense !
Tel est le prix du sang que nous avons versé
Sur des bords inconnus, sous un climat glacé !
Le monde entier le sait : notre audace guerrière,
Aux sauvages Bretons fit mordre la poussière ;
Les Gaulois belliqueux, les Germains redoutés,
Graces à nos exploits, sont soumis et domptés ;
Et Rome ne craint plus de voir réduire en cendre
Ses murs et ses palais qu'elle ne peut défendre.
Et lorsque nous venons de raffermir l'État,
Rome ose contre nous un si noir attentat !
Tout est en mouvement dans cette ville ingrate,
Contre vous, contre moi le sénat tonne, éclate ;
Un décret violent autant qu'injurieux
Ordonne qu'on m'attaque et poursuive en tous lieux.....
Ce sénat, qui jadis fut si sage et si juste,
Ne conserve plus rien d'un caractère auguste,
Contre nous il conjure et la terre et les eaux ;
Déjà les hauts sapins se courbent en vaisseaux ;
On fait de toutes parts de nouvelles levées ;

Nos légions par lui séduites, soulevées
Attendent le signal de marcher contre moi :
Est-ce ainsi que Pompée est fidèle à sa foi !
Si ce Carthaginois qui vint camper sous Rome,
Si le fils d'Amilcar..... Oui, soldats, si cet homme
Qui séma dans nos champs l'épouvante et l'horreur,
Qui jusqu'en nos foyers répandit la terreur,
Si ce fier Africain, fameux par nos alarmes,
Et qui nous fit verser tant de sang et de larmes,
Traversait de nouveau les Alpes, l'Apennin,
La haine dans le cœur et la flamme à la main,
Contre cet ennemi redoutable, invincible,
Rome prendrait peut-être un aspect moins terrible.
La victoire pourtant fidèle à mes drapeaux,
A toujours de lauriers couronné mes travaux;
Les dieux à mes desseins furent toujours propices,
Et mon corps est couvert de nobles cicatrices.
Quel serait donc mon sort, si repoussé, vaincu,
Et coupable d'avoir lâchement combattu,
J'avais abandonné nos enseignes sacrées,
Et si César ainsi les eût déshonorées?
On m'ose défier lorsque victorieux
J'ai pour moi mes soldats, la fortune et les dieux!
César fut en tout lieu suivi de la victoire;
Que le Tibre à son tour soit témoin de ma gloire,
Que ce chef amolli par une longue paix
Essaye au champ d'honneur d'arrêter nos succès,
Qu'il vienne, accompagné de nouvelles cohortes;
Que Rome à mon armée ose fermer ses portes;
Qu'elle arme contre moi Marcellus et Caton;

L'un n'est qu'un discoureur, l'autre n'est qu'un vain nom.
Que l'Afrique et l'Asie, esclaves de Pompée
Suivent ses étendards, ceignent pour lui l'épée,
Que peuvent contre nous des gens efféminés,
De faibles sénateurs à servir condamnés,
Des peuples avilis ; des princes sans courage,
Qui ne rougissent point des fers de l'esclavage !
Nous triompherons d'eux, soldats, je le promets.....
Hé ! César, ô Romains, vous trompa-t-il jamais ?
Qu'il marche contre nous ce célèbre Pompée,
Tout fier du nom de grand, d'une gloire usurpée ;
Et voyons de quel droit il prétend retenir
Des honneurs où jamais il n'eût dû parvenir.
Il les dut à la force et non à son mérite.
A votre tribunal aujourd'hui je le cite :
Qu'il s'y rende, ô Romains, et vous dise pourquoi
Il triomphe avant l'âge établi par la loi ?
Dirai-je à quel excès en son extravagance
Ce Pompée a porté l'abus de la puissance ?
Cérès couvrait nos champs des plus riches moissons ;
Il privait l'Italie et Rome de ses dons :
Ce tyran espérait en affamant la ville
Trouver, pour l'asservir, un moyen plus facile ;
Et n'avons-nous pas vu ses soldats insolens
Investir le barreau de glaives menaçans ?
Jusqu'en leur tribunal ses cohortes sinistres
Faire pâlir des lois les augustes ministres,
Et prêter à Milon un criminel appui,
Avant qu'un jugement eût prononcé sur lui ?
A présent qu'il redoute une vieillesse obscure,

Il suscite une guerre et coupable et parjure.
Accoutumé qu'il est à répandre le sang,
Élève de Sylla, jaloux d'avoir son rang,
Et ne respirant plus que meurtres, que carnage,
Déjà de Sylla même il surpasse la rage.
Par ce maître cruel aux grands crimes instruit
A des crimes plus grands sa fureur le conduit;
A ce monstre fatal l'enfer donna la vie.
Lorsque dans les forêts de l'affreuse Hircanie,
Les tigres par leur mère au meurtre encouragés,
Se sont repus du sang des troupeaux égorgés,
Dépouillent-ils jamais leur amour du carnage?
Ainsi d'un furieux rien n'assouvit la rage:
Il suça de Sylla le fer ensanglanté,
Peut-il se dépouiller de sa férocité?
Depuis qu'il a goûté ce breuvage exécrable,
Ce monstre est devenu de sang insatiable.....
Quand les dieux mettront-ils un terme à ton pouvoir?
Les Romains ont horreur, barbare de te voir!
Que du moins ce Sylla par un trait héroïque
T'apprenne à te lasser d'un pouvoir tyrannique.
Après avoir défait des pirates sans nom,
Après avoir réduit Mithridate au poison,
Voudrais-tu t'ennoblir me prenant pour victime?
Et quel est de César, dis-moi, quel est le crime?
De n'avoir pas souffert que d'illustres guerriers,
Déposant leurs drapeaux, flétrissent leurs lauriers?
Si tu m'es ennemi, si ma gloire t'offense,
Refuse à mes hauts faits leur juste récompense;
Je ne demande rien, au sénat, aux Romains,

Pour leur avoir soumis la Gaule et les Germains ;
Mais ne refuse pas leur salaire à ces braves ;
Pour prix de leurs travaux, ne les rend pas esclaves :
Qu'ils triomphent sans moi ; César même y consent,
Ils ont aussi sans lui souvent versé leur sang.
Après s'être épuisés pour servir la patrie,
Dis, où traîneront-ils leur languissante vie ?
Où sera leur retraite, et dans leurs derniers ans
Quel asile est ouvert aux braves vétérans ?
Oubliras-tu leur gloire et par des torts insignes
Leur préféreras-tu des pirates indignes ?
C'en est trop, mes amis, levons nos étendards,
Marchons favorisés de Thémis et de Mars ;
La victoire toujours a suivi notre armée :
Rome, qui de nous tous est tendrement aimée,
Est près de se courber sous le joug d'un pervers ;
Volons à son secours, courons briser ses fers.
Lorsque à de vrais guerriers on refuse justice,
Lorsque d'ingratitude est payé leur service,
On leur donne le droit alors de tout oser,
Pour ravir des honneurs qu'on veut leur refuser.
Le désir du butin ou celui de l'empire
N'est pas le noble espoir aujourd'hui qui m'inspire,
Je prétends sauver Rome et non point l'asservir,
Et qui mieux que César put jamais la servir ?
Ne craignez point, soldats, d'avoir les dieux contaires...
Les dieux sont justes, même, alors qu'ils sont sévères ;
Qui venge son pays d'un despote odieux
A pour lui son pays, la fortune et les dieux ».

DISCOURS D'AGAMEMNON

A PYRRHUS,

QUI veut immoler POLIXÈNE sur le tombeau d'ACHILLE.

» NE savoir modérer sa fougue et son courage
Est dans nos jeunes gens un défaut de leur âge.
Ce vice dans Pyrrhus, d'un père violent
Est toute la fureur et tout l'emportement.
Hé quoi ! j'ai pu d'Achille endurer la menace,
J'ai pu souffrir en paix son orgueil, son audace
(Car plus un noble rang donne d'autorité,
Plus on doit se piquer de générosité) ;
Et vous ! prétendez-vous par un meurtre exécrable,
Par le sang d'une vierge, illustre et non coupable,
Prétendez-vous calmer l'ombre de ce héros,
Sur l'infernale rive, assurer son repos ?
Un vainqueur doit montrer un caractère auguste,
Et son premier devoir est celui d'être juste :
Il doit examiner quel peut être son droit,
Et ce que le vaincu sans opprobre lui doit.
Un pouvoir violent ne peut être durable,
La modération rend un empire stable.
Plus la fortune élève, agrandit les humains,
Plus l'homme fortuné doit craindre ses dédains ;
Et c'est lorsque les dieux nous sont le plus propices
Que nous devons du sort redouter les caprices :

Cette vie est un champ où croissent peu de fleurs,
Où le plaisir se noie en des torrens de pleurs.
Je n'ai que trop appris par mes victoires même
Qu'un seul instant détruit une grandeur suprême.
Ilion mise en cendre et Priam au cercueil
Nous inspirent, ô Grecs, trop d'audace et d'orgueil.
Enfans de Danaüs quel penser est le vôtre?
La chute d'Ilion nous présage la nôtre.
Je l'avoûrai : rempli du nom de mes aïeux
Je fus jadis trop fier et trop impérieux;
Mais la prospérité dont un autre s'enivre
A brisé mon orgueil, la fortune qui livre
Trop souvent nos grandeurs à tout autre qu'à nous
M'a rendu moins hautain, plus modéré, plus doux.
Je te dois, ô Priam, ce changement utile,
Tu m'avais rendu fier, et tu me rends docile.
Le sceptre de Pyrrhus ou bien d'Agamemnon
A-t-il rien d'imposant que le sceptre ou le nom?
Qu'est-ce en effet, grands dieux, qu'est-ce qu'un diadême?
Cet emblême orgueilleux de la grandeur suprême
N'est qu'un simple ornement qui pare notre front
Qu'un rien nous peut ravir par un mortel affront,
Et sans avoir besoin des flottes de la Grèce,
De dix ans de combats, du bras d'une déesse,
La fortune est légère et son vol incertain,
Elle reprend le soir ses faveurs du matin.
Non, tout pouvoir n'est pas d'aussi longue durée
Que le fut la patrie et d'Hector et d'Énée.
J'ai voulu comme vous la vaincre et l'abaisser;
Mais dût de mon aveu la Grèce s'offenser,

Je ne désirai point et je n'osai prétendre
Qu'Ilion fût détruite et fût réduite en cendre,
J'aurais même voulu sauver nos ennemis,
Mais les dieux courroucés ne me l'ont point permis.
Et qui peut mettre un frein à l'ardeur militaire,
Aux transports insensés d'un vainqueur en colère!
La victoire et la nuit dans cet affreux combat
Au carnage excitant le chef et le soldat,
De toutes ces fureurs la nuit seule est coupable:
Notre ressentiment peut paraître excusable;
Mais après tant d'horreurs et tant d'indignités
Sachons nous modérer dans nos prospérités;
Puisqu'Ilion a dû subir un sort funeste,
Conservons d'Ilion au moins ce qui nous reste.
Assez et trop de sang a souillé nos lauriers,
Montrons-nous aujourd'hui plus généreux guerriers.
Je ne souffrirai qas qu'une vierge innocente,
Que la fille d'un roi, consternée et tremblante
Expire sur la tombe où repose un héros:
Cet injuste trépas troublerait son repos.
Non, je ne puis souffrir cette action horrible,
Qu'un sang si pur arrose une cendre insensible,
Ni qu'on ose donner le nom sacré d'hymen
A cette barbarie, à cet acte inhumain.
Achille désapprouve un pareil sacrifice;
Non, non, je ne dois point souffrir qu'il s'accomplisse;
Cet attentat de tous retomberait sur moi:
Je saurai l'empêcher ou ne serai pas roi.
Quand on peut empêcher une bassesse extrême
Et qu'on ne le fait point, on la commet soi-même.

VÉRITÉS.

L'Univers est peuplé de flatteurs et de traîtres
Oui, sans offenser Dieu, l'homme est de tous les êtres
Celui que l'on doit fuir avec le plus de soin;
Et l'on ne doit traiter avec lui que de loin.
Tout est faux dans son cœur comme sur son visage;
En vain de la raison reçut-il l'apanage;
Il ne s'en sert jamais et la laisse à l'écart:
Tous ses discours sont pleins de mensonge et de fard.
Être pétri d'orgueil, de fiel et de malice,
Il ne compte pour rien l'honneur et la justice.
Fourbe, dissimulé, sordide, ambitieux,
Son argent et son or sont ses uniques dieux.
Fuyez l'appas trompeur de ses fausses caresses,
Laissez-le s'énivrer de ses folles richesses;
Soyez justes et bons, et vivez ici-bas
Seuls, éloignés du Monde et de son vain fracas.
Sur les côteaux rians, dans les sombres bocages,
Offrez au Dieu du ciel vos vœux et vos hommages;
Contemplez la nature et son riche produit,
Admirez le soleil qui sur vos têtes luit:
Pour son sublime auteur pleins de reconnaissance
Célébrez ses bienfaits et chantez sa puissance;
Ne vous inquiétez pas du jour, du lendemain;
Dieu toujours libéral a mis sous votre main,
De votre nécessaire une juste mesure:

Un soin trop inquiet au ciel ferait injure.
Voyez l'oiseau des champs, modelez-vous sur lui ;
L'homme est son meurtrier, Dieu seul est son appui :
Il ne sème jamais, jamais il ne moissonne,
Ce dont il a besoin, c'est Dieu qui le lui donne.
Et vous pourriez penser, hommes de peu de foi,
Qu'il ait institué pour vous une autre loi?
Pourriez-vous à ce point, ingrats, le méconnaître?
Ce Dieu conserve tout, puisqu'il a tout fait naître ;
Reposez-vous sur lui du soin de vous pourvoir ;
Qu'il ait tout notre amour, qu'il soit tout notre espoir.

LE SONGE.

Je m'étais égaré sur un mont solitaire;
La tendre Philomèle avait fini ses chants;
Le laboureur tardif avait quitté les champs,
Et l'ombre de la nuit couvrait la terre entière:
Succombant sous le poids des fatigues du jour
Je m'étends sur le bord d'une claire fontaine.
Assise altièrement sur son trône d'ébène;
Sur le Monde endormi Phébé fesait son tour;
Mais bientôt le sommeil d'une main bienfaisante,
Sur mes sens accablés, sur mes yeux demi-clos,
Daigna verser le suc de ses puissans pavots,
Et ferma doucement ma paupière mourante.
Aussitôt un doux rêve enchante mes esprits;
Je me crois transporté dans l'antique Lycée:
Euripide, Sapho, Pindare avec Alcée
Du langage des dieux y disputaient le prix.
J'eus la témérité dans mon hardi délire
De composer, de lire et de chanter des vers;
Et j'osai mêler même à de célestes airs
Les timides accords d'une humble et faible lyre:
L'assemblée indulgente applaudit à mes chants;
J'eus le bonheur de plaire aux savans de la Grèce;
Je chantais et croyais que le dieu du Permesse
D'une divine ardeur animait mes accens.
Je me réveille: hélas! ce n'était qu'un vain songe;
Il ne me resta rien de ma félicité.
C'est ainsi que souvent l'erreur d'un doux mensonge
A plus d'attraits pour nous que la réalité.

SUR L'EXISTENCE DE L'ÊTRE SUPRÊME.

En vain contre mon Dieu l'incrédule blasphême,
Dieu se montre partout dans ce vaste Univers :
L'existence d'un Dieu n'est point un vain problême ;
C'est une vérité qui confond les pervers.
De l'Aquilon au sud, du couchant à l'aurore,
Sous des rits différens le monde entier l'adore.
Cet astre merveilleux qui sur nos têtes luit
Dans son rapide cours proclame sa puissance,
Les sublimes ressorts de son intelligence ;
La nuit l'annonce au jour et le jour à la nuit.

Poëte dangereux, le séduisant Lucrèce
Célébra l'athéisme en suaves accens ;
Loin du chemin fleuri qui conduit au Permesse
J'espère de Dieu seul le succès de mes chants :
Si les doigts du Seigneur daignent monter ma lire,
Si l'Esprit-Saint m'échauffe et son souffle m'inspire,
Mon front sera paré d'un laurier immortel.
Sur l'athée abattu remportant la victoire,
Et cédant à mon Dieu mon triomphe et ma gloire,
Je poserai mon luth aux pieds de l'Éternel.

L'homme est, le monde existe, et par quelle puissance?
Ou Dieu créa le Monde, ou l'Univers enfin,

Lui-même, seul auteur de sa propre existence,
Est soumis aux décrets d'un aveugle destin ;
Mais le Monde est matière ; et toute la matière,
Par elle-même informe, inactive et grossière
Sans Dieu s'épuiserait en efforts superflus.
La matière jamais créa-t-elle un atôme ?
Qui fit le premier arbre ou bien le premier homme ?
La nature ? d'où vient qu'elle n'en produit plus ?

L'homme pense ; qui donne à l'homme la pensée !
Quel principe dans nous produit le sentiment ;
L'étonnant souvenir d'une chose passée,
La volonté, l'idée et le raisonnement !
La matière n'a pas cette vertu dans elle :
Un tissu différent, une forme nouvelle,
Voilà le résultat de leurs combinaisons.
Notre âme n'est donc pas de la même substance :
A quelqu'être plus pur elle doit l'existence ;
Et cet être est le Dieu que nous reconnaissons.

On sent que pour agir, avant tout il faut être :
C'est une vérité qu'on ne peut contester,
Sophistes insensés, ce Monde avant de naître,
S'il s'est créé lui-même, a dû donc exister.
Voyez où vous amène une base éphémère,
Un principe gratuit, une erreur téméraire :
Peut-on tout-à-la-fois être et n'exister pas ?
A lui-même réduit ainsi l'homme raisonne ;
Sans le secours du Ciel sa raison l'abandonne,
Il erre sans savoir où le guident ses pas.

Mais peut-être ce Monde éternel, immuable,
Ayant été toujours, est nécessairement.
Cette nécessité vraiment inconcevable
Répugne à la raison ainsi qu'au jugement.
Un Monde nécessaire et qui n'aurait pu naître
Ne saurait varier dans sa manière d'être;
D'où viennent cependant ces changemens divers
Que l'on voit chaque jour s'opérer dans la forme
Et dans les mouvemens de cette masse énorme
Qui fait trembler la terre et peut troubler les airs.

Quoi! Dieu n'existe point! l'œil de la Providence
Ne veille point sur l'homme! un aveugle destin
Soumet tout l'Univers à sa Toute-Puissance?
Tout arrive ici-bas sans ordre et sans dessein!
Si cela pouvait être... État triste et funeste!
Quelque corps détaché de la voûte céleste
Pourrait nous écraser sous son énorme poids;
Et cet immense tout venant à se dissoudre
De ses vastes débris nous réduirait en poudre,
S'il n'était affermi par de solides lois.

Le printemps qui nous donne et l'œillet et la rose,
L'été dont la chaleur prépare nos moissons,
S'il n'existait un Dieu qui règle toute chose,
Pourraient nous prodiguer les plus nuisibles dons.
D'un déluge de maux menacés à toute heure,
Tremblans dans cette triste et fragile demeure,
Dans notre incertitude effrayés justement,
Nous passerions nos jours au milieu des alarmes,

Et l'homme invoquerait, fatigué de ses larmes,
L'instant d'être plongé dans son premier néant.

Hé bien ! il est un Dieu qui fit sortir le Monde
De l'amas ténébreux de l'informe cahos,
De tout être créé, ce Dieu source féconde
Fixa les points du ciel et des bornes aux flots.
Qu'en conclure pour nous ? s'écrie un autre impie :
Tout notre être détruit, périt avec la vie
L'âme ne jouit point de l'immortalité ;
Qu'importent à ce Dieu nos vœux et nos hommages ?
Il voit des mêmes yeux l'imprudent et le sage
Et vit heureux enfin de son oisiveté.

Tout périt avec nous ! Quel étrange langage !
Et que devient alors l'espoir de la vertu ?
Quand l'orgueil t'humilie ou qu'un tyran t'outrage,
Mortel infortuné, quel être implores-tu ?
Lorsqu'un juge pervers cédant à des largesses
Attaque ton honneur, te ravit tes richesses,
Quel bras invoques-tu qui puisse te venger ?
Devant quel tribunal cites-tu l'injustice ?
Et quel autre que Dieu pourrait t'être propice,
Lorsque l'homme puissant te brave sans danger ?

Non, non, il est un Dieu qui punit les coupables ;
Il est une autre vie, où l'homme vertueux
Se verra consolé par un juge équitable,
Et vengé des affronts du riche fastueux.
Là le vrai magistrat, le prince pacifique

Qui surent écarter la misère publique
Seront récompensés par un Dieu juste et bon;
Là, le pontife saint recevra son salaire;
Et les méchans jugés par un juge sévère
Attendront devant Dieu vainement leur pardon.

Justes, ne craignez point l'orgueil du diadême,
Les fers du despotisme et le pouvoir des grands;
Aux yeux de l'Éternel, au tribunal suprême
La vertu seule un jour distinguera les rangs.
Suivez la loi de Dieu : qu'elle seule vous touche,
Que le mensonge impur sortant de votre bouche
Ne vous rende jamais criminels devant lui.
Des pauvres en secret soulagez la misère;
Que l'orphelin en vous puisse trouver un père;
Soyez religieux vous aurez son appui.

A MES ENFANS.

Malheureux le mortel qui, bercé de chimères,
Dans un amas trompeur de grandeurs passagères
met sa félicité;
Qui, plein d'ambition et d'un esprit frivole,
Fanatique exalté peut encenser l'idole
de la prospérité.
Est-il rien de durable en ce Monde de boue?
De nos prétentions la fortune se joue,
lorsqu'elle nous sourit;
Et souvent un héros, devenu trop célèbre,
Voit soudain se changer en un crêpe funèbre
les lauriers qu'il ceignit.
En vain l'ambitieux par de lâches intrigues,
Par de honteux moyens et par d'indignes brigues
s'élève au premier rang.
Au faîte des grandeurs la fortune le quitte;
La main qui l'éleva soudain le précipite,
dans son premier néant.
Non, non, le vrai bonheur n'est pas dans la puissance,
Ni dans l'état trompeur d'une vaine opulence;
ne nous y trompons pas.
Un prince sur le trône est sujet à des peines,
Et le riche à son tour craint les terreurs soudaines
d'un précoce trépas.

Tant que l'ambition dévorera les hommes,
Atômes impuissans, vils roseaux que nous sommes,
nous poursuivrons en vain
Ce bonheur éphémère où notre cœur aspire,
Après lequel chacun se tourmente et soupire :
tel est notre destin.
Tel aujourd'hui domine et fait trembler la terre,
Et porte en tout pays la discorde et la guerre,
qui touche à son couchant.
Il me semble le voir descendre de son trône,
Pour briser pour toujours son sceptre et sa couronne,
il ne faut qu'un instant.
Ce riche fastueux, nageant dans l'opulence
Fait l'achat d'un palais ou d'un domaine immense,
sans épuiser son or.
Hélas ! la mort survient ; c'en est fait, il succombe.
Ce vain Pygmalion porte-t-il dans la tombe
son précieux trésor ?
Heureux l'homme puissant à qui rit la fortune,
Si le pauvre affligé jamais ne l'importune,
si, sensible aux malheurs,
Et faisant de son or un sage et noble usage,
De quelque homme de bien que la nature outrage
il essuie les pleurs.
Gardons-nous de chercher le bonheur dans le Monde :
Ces grands biens, ces honneurs où notre espoir se fonde
ne sauraient le donner.
Ce factice bonheur que donnent les richesses,
Tout, dans ce Monde, hélas ! jusques à ses caresses,
tend à l'empoisonner.

A combien de revers l'honnête-homme est en butte!
L'un vous trompe, vous hait; l'autre vous persécute;
un fourbe vous séduit;
Un ami vous trahit, une amante vous laisse,
Un tyran vous opprime, un ennemi vous blesse,
tout le monde vous nuit.
Reconnaissons, mortels, cette vérité dure:
Que l'homme semble né méchant de sa nature
et pétri de venin.
Faisons-nous dans le ciel un trésor véritable :
C'est là le seul trésor qui puisse être durable;
le seul qui soit certain.
Heureux qui vit tout seul dans son humble ménage;
Qui nourrit ses brébis de son gras pâturage,
et qui, content de peu,
Des fleurs que le printemps, à pleines mains lui donne
Et des dons de Cérès et des fruits de l'automne
ne rend graces qu'à Dieu.
Il jouit de voir croître une heureuse famille,
Il embrasse le fils, il caresse la fille
qui nâquirent de lui.
Une épouse chérie, occupée à lui plaire,
Nouvelle Pénélope et vertueuse mère
est son unique appui.
D'un cœur tendre et sensible, humain et charitable;
Des fruits de son verger, et des mets de sa table,
restes de son festin,
Il secourt l'infortune en sa misère extrême;
Du timide indigent qu'il accueille et qu'il aime,
il assouvit la faim.

Étranger aux fureurs des discordes civiles,
Il coule, loin des camps, des jours purs et tranquilles,
son âme est sans remords.
On ne l'a jamais vu, dans un accès de rage,
Du Tibre, ni du Nil, de l'Ebre, ni du Tage
ensanglanter les bords.

Voilà le seul mortel qui peut me faire envie:
J'en aurais imité l'heureuse et douce vie,
si le ciel l'eût permis,
Loin des grandeurs du siècle et des toits magnifiques
Qu'habitent nos Crésus et nos faux politiques,
seul avec mes amis.

Je n'ai pu disposer de mes vertes années;
Hélas! il m'a fallu suivre des destinées
contraires à mon choix.
Errant et malheureux sur la terre et sur l'onde;
Je n'ai trouvé la paix dans aucun coin du Monde,
que sous mes propres toits.

Si vous pouvez goûter les avis d'un bon père,
O mes enfans chéris, fils d'une tendre mère,
vivez loin des humains.
Contentez-vous du peu qui suffit au vrai sage;
N'attendez jamais rien que de l'humble héritage
cultivé de vos mains.

N'interrompez jamais ce doux genre de vie,
Que pour Dieu seul, le Roi, l'honneur et la Patrie;
volez à leur secours.
Mais dès que votre bras ne sera plus utile,
Retournez promptement dans ce premier asile
Pour y finir vos jours.

CONTRE L'ENVIE.

Envie abominable, odieuse et barbare,
Monstre affreux échappé des gouffres du Tartare,
Déesse au teint livide, à l'œil sombre et malin,
Régneras-tu toujours en tyran sur le Monde!
Ne rentreras-tu point dans cette nuit profonde
Où t'eût dû retenir à jamais le destin!

Des vertus, des talens ennemie éternelle,
Tu fais à l'honnête-homme une guerre cruelle;
Tu t'abreuves hélas! et d'absynthe et de fiel,
Tu te plais à troubler le doux repos du sage;
Tout ressent ici-bas ton orgueilleuse rage
Et l'homicide effet de ton poison mortel.

Le bonheur des humains fit toujours ton supplice;
On te vit de tout temps, par un noir artifice,
De leurs prospérités interrompre le cours;
Tu souris au malheur de la vertu souffrante,
D'une famille en deuil, d'une épouse expirante
Que la faulx du trépas moissonne en ses beaux jours.

Ah! combien de forfaits ne fis-tu pas éclore!
Du lit glacé de l'Ourse au berceau de l'Aurore
On te vit diriger les poignards des méchans.

Quand il s'agit de nuire, est-il rien qui t'arrête ?
Moi-même infortuné, j'entendis sur ma tête,
A l'envi s'agiter et siffler tes serpens.

J'osai te résister et te confondre en face ;
Le ciel favorisa mon intrépide audace ;
Je me ris des efforts que tu fis contre moi.
Squelette décharné, redescends dans l'abîme,
Dans cet obscur séjour habité par le crime,
Le seul qui te convienne et soit digne de toi.

Entraîne sur tes pas cette engeance fatale,
Des jaloux imposteurs la cohue infernale
Que l'Erèbe vomit de ses flancs entr'ouverts ;
Qu'engloutis avec toi dans les royaumes sombres,
Ils grossissent l'essaim de ces coupables ombres,
Dont les noirs attentats ont troublé l'Univers.

Descends du haut du ciel, Thémis, vierge sacrée :
Ramène les beaux jours de Saturne et de Rhée ;
Et rends à l'Univers son antique bonheur :
Et toi, dieu des enfers, reprends dans ton empire
Cette infâme furie. Il est temps qu'on respire
Dans ce Monde infecté de sa noire fureur.

Qu'elle éprouve chez toi, parmi les Euménides,
Les justes châtimens réservés aux perfides
Sur un lit de brasier sans cesse rallumé ;
Qu'elle grince les dents dans des maux effroyables :
Appesantis sur elle en ces lieux exécrables
Et ta verge de fer et ton sceptre enflammé.

VERS

Adressés à un Sot et à un Méchant.

Je ris de pitié de t'entendre
Invoquer la postérité :
De quel droit oses-tu prétendre
Un jour, à l'immortalité !
Où sont ces ouvrages sublimes
Qui peuvent ennoblir ton nom?
As-tu dans ta prose ou tes rimes
Charmé quelquefois Apollon?
Te suffit-il de ta noblesse
Dont tu vantes l'ancienneté?
Mais sache que sur le Permesse
On la met souvent de côté ;
On est jugé sur sa science,
Sur ses vertus, sur son esprit ;
Et quand on n'a que sa naissance,
On se voit bientôt éconduit.
La postérité ne rappelle
Que les grands noms, les faits brillans;
Tout le reste, oublié par elle
Est perdu dans la nuit des temps.
Voici quel serait son langage,
Si jamais sa sévère voix
Dérogeant à l'ancien usage
Daignait te nommer une fois :
Fantôme d'orgueil, de folie,
Être de boue et sans vertus,
Calomniateur plein d'envie,
Il fut méchant et rien de plus.

SENTENCE.

On dit qu'un faux ami ressemble à l'hirondelle
Que la belle saison ramène en nos climats,
Et qu'on voit fuir à tire-d'aile
A l'approche des noirs frimats.
Soyez heureux, tout le monde vous flatte,
Chacun met son plaisir à vous faire sa cour;
Mais, que l'hiver de la fortune ingrate
Vous menace un instant; on vous fuit sans retour.
Êtres pervers, que le ciel vous confonde;
La foudre ne devrait exterminer que vous:
De tous les scélérats dont fourmille le Monde,
Vous êtes, faux amis, les plus méchans de tous.

ODE (*traduite de l'Espagnol*) A LISIS.

Le printemps réjoui, paré de mille fleurs,
Le zéphir amoureux, des oiseaux du bocage,
Le chant mélodieux, le tendre et doux ramage
Nous invitent, amour, à goûter tes douceurs.

L'été paraît, et l'août, de sa brûlante haleine
Dessèche les forêts, les prés et les ruisseaux;
La Naiade gémit, voyant tarir les eaux;
Tout craint l'été, l'amant s'en aperçoit à peine.

L'automne couronné de fruits délicieux,
Se montre-t-il? soudain le dieu de la lumière
Perd déjà de l'ardeur, de sa chaleur première
Quand l'amoureux berger sent redoubler ses feux.

Quand l'aquilon fougueux excite les tempêtes,
Et que le rude hiver ramène les frimats,
L'amant heureux bénit sa chaine et les climats;
La foudre en vain pour lui gronde sur mille têtes.

La saison du bel âge est celle de l'amour!
O Lisis, si tu veux éprouver ses délices
N'attends pas que les ans emportent tes caprices;
On perd trop, bien souvent, en ne perdant qu'un jour.

A Mademoiselle C.*** A.***

Le ciel favorise les belles,
Le ciel protége leurs amours ;
Tout ce qui n'est pas digne d'elles
En est écarté pour toujours.
C'est lui dont la main bienfaisante
Choisit et l'amant et l'époux :
Soyez toujours sage et charmante,
Vous en aurez digne de vous.

Vous brillez parmi vos compagnes
Par vos attraits, par vos couleurs,
Comme l'on voit dans les campagnes
Le lys régner parmi les fleurs.
Fraîche et belle comme l'aurore
Qui nous présage un jour serein,
Il est juste qu'on vous adore
Et qu'on aspire à votre main.

Votre esprit, vos beautés, vos charmes
Ont le pouvoir de tout ravir ;
Vous nous faites verser des larmes
D'admiration et de désir.
L'amour abandonne sa mère
Pour soupirer à vos côtés,
Et Vénus rougit à Cythère
De voir ses autels désertés.

Tendre, douce, chaste et modeste
Et l'image de la candeur,
Ah ! votre figure céleste
Est l'emblême de la pudeur.
Vous possédez tout pour nous plaire,
Vous avez l'art de tout charmer ;
Ah ! pourrait-on, jeune bergère,
Sans crime, ne pas vous aimer ?

Entretien de FANY DE SUAPDRAGON *avec son cousin* WILLIAM DE HEART-BREAK.

CONTE.

J'ai chanté de l'amour les douceurs les alarmes :
Mes vers furent souvent effacés par mes larmes.
Aujourd'hui je me livre à des sons moins touchans,
Et ma muse moins triste entreprend d'autres chants.
Frère des doctes sœurs, vrai dieu de l'harmonie,
Dirige mon essor, enflamme mon génie,
Apollon, de *Morphée* écarte les pavots,
Et dans cet humble essai préside à mes travaux !

Fany de Suapdragon comptait près de neuf lustres ;
Et quoiqu'elle appartînt à des parens illustres,
Qu'un parchemin usé montrât dans ses aïeux
Des comtes, des barons, des marquis et des preux,
Quoiqu'elle pût vanter mille autres antiquailles,
Des casques, des harnais, témoins de cent batailles,
Nul amant jusqu'alors de sa noblesse épris
D'un amour suranné n'avait brigué le prix.
Sous le voile imposteur de son indifférence,
Elle coulait des jours calmes en apparence ;
Mais son cœur inquiet et dévoré d'ennuis
Ne cessait de se plaindre et les jours et les nuits :
Ce n'est pas qu'elle n'eût (quand on voulait l'entendre)
Refusé maints partis dans un âge plus tendre ;

Mais elle n'avait pas encor pu concevoir
Comment son sexe peut se laisser décevoir
Au point de se livrer, dans le siècle où nous sommes,
Sans frémir, *disait-elle*, aux caprices des hommes!
De leur sacrifier toute sa liberté,
Son bonheur, sa jeunesse et sa tranquillité!
Une chose surtout révoltait notre belle,
Fière du triste orgueil d'être encore pucelle;
C'était d'être exposée à certain fait connu,
Et de montrer alors tous ses charmes à nu.
« *Je serai toujours fille, et jamais rien au Monde*
Ne pourra, disait-elle, *en la machine ronde*
Me faire consentir aux chaînes de l'hymen :
Non, l'Univers entier le tenterait en vain ».
Quelqu'un de ses parens qui ne la prisait guères,
Le seul qui la voyait, encor pour ses affaires,
De tous ses sots propos un jour enfin lassé,
Voulut la corriger d'un babil insensé.
Il se rend donc chez elle, et de l'air d'importance
Que l'on prend, quand on veut faire une confidence,
Il lui tint ce discours de sentences orné
Et de propos galans parfois assaisonné :
« Vous savez dès long temps, mon aimable cousine,
Dont le cœur est si bon, et dont l'âme est divine,
Que le cas échéant, je fus toujours jaloux
De prôner vos vertus et de parler pour vous;
Mon tendre attachement, pour ce qui vous regarde,
Me dirige en ce jour et fait que je hasarde
De remplir près de vous une commission
D'un objet délicat; voici ma mission :

On vous fait demander, cousine, en mariage :
Les douceurs de l'hymen sont encor de votre âge ;
Je sais que cet état vous a toujours déplu,
Qu'en un mot, votre cœur n'en a jamais voulu ;
Mais je sais encor mieux, quoique l'on se propose,
Que dans ce Monde il faut tenir à quelque chose ;
Et qu'un nom honorable, un mari, des enfans,
Pour la femme aujourd'hui sont des soutiens puissans.
Expliquez-vous, cousine, et parlez sans mystère ;
Mon but en tout ceci n'est pas de vous déplaire :
Chaque chose ici-bas, a, dit-[illegible]a saison :
Qu'en pensez-vous ? — Je dis que vous avez raison ;
Mais vous savez, cousin, toute la répugnaace
Que mon cœur pour l'hymen eut toujours dès l'enfance.
Je ne sais d'où me vient un goût si peu commun,
Mais un amant chez moi fut toujours importun.
— Hé bien ! Mademoiselle, adieu, je me retire :
Puisqu'il en est ainsi, je n'ai plus rien à dire.
— Ciel ! quel homme ! arrêtez : ne vous pressez pas tant :
On ne peut avec vous raisonner un instant.
Puis-je sans différer savoir quel est cet homme ?
Quel pays l'a vu naître et comment on le nomme ?
— C'est mon secret : d'ailleurs ce serait fort en vain,
Puisque vous refusez de donner votre main.
— Mon cousin, qui vous dit que mon cœur le refuse ?
Si je m'explique mal, je vous en fais excuse.
Mais dois-je aveuglément l'accepter pour époux,
Sans savoir ce qu'il est, et l'exigeriez-vous ?
J'ai souvent ouï dire à ma défunte mère,
Que l'hymen n'étoit pas une petite affaire :

Qu'il fallait y rêver plus de quatre ou cinq fois,
Quand on ne voulait pas s'attraper sur le choix.
— Puisque vous le voulez, vous allez le connaître :
Cet homme est mon intime, et mérite de l'être;
Son cœur ne fut jamais incliné vers le mal;
Et je ne lui connais aucun défaut moral.
— Je suis absolument toute déterminée;
Je sais qu'il faut enfin remplir sa destinée :
Son nom? — Ce n'est pas là le point essentiel;
Un nom ne fut jamais qu'un titre accidentel;
Ce n'est point par le nom que l'on prise les hommes;
Nos seules qualités nous font ce que nous sommes :
Sous ce dernier rapport mon ami vous plaira,
Et votre cœur bien né sans doute l'aimera :
D'ailleurs dans cet objet, comme vous devez croire,
J'ai tout premièrement consulté votre gloire,
Plutôt votre intérêt que celui d'un amant;
Je ne m'en fusse point mêlé différemment.
Je m'explique; daignez m'écouter, je vous prie :
D'abord je ne veux pas, blasphémateur impie,
Des lois de l'Éternel m'ériger en censeur,
De ses vastes desseins sonder la profondeur;
En chrétien soumis je me tais et révère
Des décret du Très-Haut l'ineffable mystère;
Mais on peut, sans pécher, convenir qu'ici-bas
Tous les hommes n'ont point de semblables appas :
La nature envers l'un se montre libérale,
Lorsque l'autre est privé d'une faveur égale;
L'un est droit et bien sain; l'autre, courbe, impotent;
Quand l'un est un pigmée, un autre est un géant.

Mais les défauts du corps sont dans l'homme et la femme
Bien souvent compensés par les beautés de l'âme.
Votre amant est boiteux. Le grand Pascal a dit,
Qu'il valait mieux boiter du pied que de l'esprit.
Je pense qu'avec vous toute personne sage
De cet illustre auteur approuve le langage :
Les boiteux en effet arrivent à leur but,
Tandis que l'esprit faux s'en écarte au début :
Proposée à Vulcain, la belle Cythérée
L'accepta pour époux, sans faire la sucrée ;
Ce Vulcain cependant, boiteux et contrefait,
Si l'on en croit la fable, était richement laid ;
Et la belle déesse à chevelure blonde
Enchaînait sous ses lois tous les peuples du Monde ;
Mais c'est qu'elle pensait avec juste raison
Qu'on doit cueillir les fruits chacun dans leur saison,
Qu'on ne doit point juger de l'arbre par la feuille,
Mais par les fruits exquis et rares qu'on en cueille.
— Le sillogisme est bon, le tour ingénieux;
On ne s'égare point sur les traces des dieux.
De cette déité je veux suivre l'exemple ;
Je consens volontiers que l'on m'ouvre le temple
De cet aimable dieu qui préside à l'hymen,
J'accepte votre ami ; je lui promets ma main;
Je brûle du désir de le bientôt connaître ;
Mon cœur est plein de joie, et je me sens renaître.
— Veuillez-bien m'excuser si par de bons motifs
Je tarde de répondre à des désirs si vifs ;
Mais je dois vous parler, ma cousine, sans feindre ;
Tel qu'il est en un mot, je dois vous le dépeindre ;

Afin que son aspect ne vous surprenne en rien,
Il faut qu'auparavant vous le connaissiez bien :
Je crois vous l'avoir dit, et je vous le réplique;
Il ne brille pas trop du côté du physique :
Cousine, il est bossu; tressaillez-en plutôt
Que de vous récrier contre un pareil défaut;
Vous savez qu'en tout temps on a dit, ce me semble,
Que la bosse et l'esprit marchent toujours ensemble :
A ce couple souvent la fortune sourit,
Et le fait, chaque jour, prouve ce qu'on a dit.
Et quel est parmi nous l'homme, pour peu qu'il vaille,
Qui ne sacrifiât la beauté de sa taille
Pour avoir de l'esprit? — Mais, Monsieur, savez-vous
Que votre ami serait un sot et pauvre époux?
Vous m'en tracez, hélas! une image effrayante;
Elle est tout-à-la-fois hideuse et dégoûtante;
Un semblable tableau, loin de toucher mon cœur,
Pour le nœud conjugal m'inspire de l'horreur :
Non, ce n'est pas ainsi que l'on peut me convaincre,
Que mon cœur incertain pourra se laisser vaincre;
Peignez-moi votre ami sous des traits moins hideux.
N'était-ce pas assez qu'il fût déjà boîteux?
Fallait-il l'enrichir encore d'une bosse?
J'aimerais mieux cent fois descendre dans la fosse;
Je ne pourrais chérir un monstre tel que lui :
Cessez de m'en parler, cousin, dès aujourd'hui;
J'estime vos conseils; mais je ne puis m'y rendre.
— Que me dites-vous là? Ciel! que viens-je d'entendre?
Je n'en reviendrai point : plût à Dieu que le ciel
Généreux et propice aux désirs d'un mortel

Eût accordé ce don à mon père, à moi-même!
Je l'apprécîrais plus qu'un sceptre, un diadème.
Je dois vous avouer que je ne croyais pas
Que des beautés du cœur, faisant si peu de cas,
Vous leur préférassiez des agrémens frivoles;
Laissez ce vain clinquant à quelques jeunes folles
Qui prennent pour époux de jeunes étourdis,
Qui pour ne pas aimer, comme on aimait jadis,
Dès la première nuit, Adonis infidèles
Partagent leurs faveurs avec cent autres qu'elles.
La morale d'ailleurs et la religion
N'exigent-elles pas dans chaque région
Que nous ayons pour but au sein du mariage
De nos propres enfans le plus grand avantage!
Hé bien! Mademoiselle, un enfant de bossu
Peut parvenir à tout; c'est un fait bien connu,
Qu'on le voit réussir mieux qu'une autre personne.
Vous ne sauriez d'ailleurs, comme à Lacédémone,
Si ce fils naît bossu, redouter que le sort
Ou qu'une loi de sang le condamne à la mort.
Si, comme je le pense, il hérite au contraire
De l'esprit satyrique et mordant de son père,
Vous le verrez bientôt, plus riche que Crésus,
Partager les bienfaits de l'aveugle Plutus.
— Cousin, vous l'emportez; le dieu de l'éloquence
Sur le cœur d'une belle aurait moins d'influence;
Votre bouche s'exprime avec tant d'agrémens
Qu'on ne peut résister à vos raisonnemens;
Je cède tout-à-fait, et je me détermine:
Je consens qu'au plutôt mon hymen se termine;

— Votre décision me ravit et me plaît :
De votre époux futur j'achève le portrait ;
Et si vous le jugez d'après l'avis des sages,
Il vous présentera les plus grands avantages :
Il est borgne ; à mes yeux c'est un léger défaut ;
Il vaut mieux être borgne encor que d'être sot :
Appelle, dont le nom en tout âge résonne,
Inventa le profil pour nous peindre *Antigone* ;
Je ne vous cite point ces hommes curieux
Qui n'avaient qu'un seul œil et n'y voyaient que mieux ;
St.-Augustin en parle, et nous devrions le croire
Quand c'est un fait d'ailleurs consigné dans l'histoire ;
Mais de ces faits anciens, quel que soit le pouvoir,
Ils sont trop loin de nous pour nous en prévaloir.
Que de femmes voudraient qu'un époux débonnaire
Privé de ses deux yeux ne vît point la lumière !
Tout n'est donc pas perdu ; c'est la moitié de fait :
Un borgne, à peu de chose, est un époux parfait.
Toute femme se plaint qu'on l'épie, on la guette,
Qu'on la traite en un mot en pays de conquête,
Que son époux jaloux soupçonnant ses vertus
Sans cesse sur ses pas a les cent yeux d'Argus ;
Mais on n'en trouve point qui trouvent à redire
D'avoir en leur époux un aveugle à conduire,
C'est donc un avantage et sans borne et sans prix
De pouvoir rencontrer des borgnes pour maris,
— Je ne m'attendais pas à ce nouvel obstacle.
Si vous changez mon cœur, vous faites un miracle ;
Mais vos discours sur moi font tant d'impression
Que malgré mon dépit, après réflexion,

Je conviens qu'à le voir du côté favorable,
Un borgne est un bijou presque inappréciable ;
Et que ce défaut-là, tout vu, tout balancé,
Par beaucoup d'agrémens peut être compensé :
J'espère que cédant à mon impatience
Vous daignerez enfin me donner connaissance
De l'époux dont je dois, par le lien le plus fort,
Partager et le lit, et les biens et le sort.
— Un instant et j'achève ; il est bègue ; — j'enrage :
Cousin, en direz-vous encore davantage ?
En ferez-vous un monstre, un fantôme odieux,
Vomi par l'Achéron dans le courroux des dieux !
A quel être veut-on, dieu ! que je me marie !
— Ne vous inquiétez pas ; calmez-vous, je vous prie ;
Un bègue n'est pas moins un époux précieux ;
Ne vous en faites pas un portrait si hideux ;
Nous savons tous qu'au sein du meilleur des ménages
S'il est des jours heureux, il est des jours d'orages ;
Une femme en tel cas peut se justifier,
Avant que son époux ait pu balbutier ;
L'épouse n'a plus tort, on voit la paix renaître,
L'époux seul est coupable et ne pouvait que l'être,
La faute de sa femme est pure illusion,
Il blâme, il reconnait son indiscrétion.
— Il faut vous obéir, quoique l'on se propose,
Cousin, vous avez l'art d'embellir toute chose ;
Par vous chaque défaut devient une vertu ;
Je l'accepte boiteux, borgne, bègue : bossu :
N'importe ; dites-moi, dois-je tarder encore
De voir de mon hymen briller la douce aurore ?

— Cousine, si jamais un homme ainsi bâti,
Du fond de l'Indoustan ou de l'Indre parti,
Jusqu'ici parvenu désire prendre femme ;
Pour appaiser vos feux et couronner sa flamme,
Je me ferai l'honneur de vous le présenter.
— L'infâme !... il m'a trompée, et j'ai pu l'écouter !... »

ADIEU AUX AMOURS.

Mes cheveux noirs déjà commencent à blanchir :
J'accomplis aujourd'hui ma quarantième année ;
J'ai vu dans mon printemps briller ma destinée,
Mais je sens que déjà je commence à vieillir.
Il n'est plus temps bientôt de cajoler les belles ;
Chaque chose ici-bas a vraiment sa saison ;
L'amour hors de son temple éconduit un grison,
Et les fraiches beautés le réclament loin d'elles.
Adieu, tendres plaisirs, adieu donc pour toujours.
Je dois changer de style ainsi que de conduite.
L'âge trop mûr n'est pas la saison des amours,
Et Vénus n'eut jamais un grison à sa suite.
Le parti le plus sûr est de me retirer ;
Et si le dieu des vers m'est encor favorable,
Près de l'objet charmant qui me fit soupirer,
Je veux chanter le dieu qui préside à la table.
Dieu jouflu des repas, j'implore tes bienfaits,
Et toi, riant Bacchus, le front paré de lierre,
D'un nectar pétillant daigne remplir mon verre ;
Enivrons-nous tous trois, nous en serons plus gais ;
Laissons au Champ-de-Mars nos guerriers magnanimes
Étonner l'Univers de leurs exploits nombreux ;
Et laissons à leur gré leurs escadrons poudreux
Se souiller de carnage et de sang et de crimes.

Un sot et vil flatteur prônera leurs exploits,
Changeant leurs moindres faits en autant de merveilles :
Pour nous, plus fortunés et plus sages cent fois,
Mettons notre bonheur à vider des bouteilles.
Qu'il est doux de goûter avec tranquillité
Tous les friands morceaux d'une table splendide !
Et de broyer gaîment, sous une dent avide,
Ou l'aile d'un pigeon ou le creux d'un pâté !
De manger à son saoul comme à sa fantaisie
Ce que l'art inventa de plus délicieux !
D'être assis à la table où se plairaient les dieux,
Humectant le gosier de vin de Malvoisie !
Je veux finir ainsi le reste de mes jours
Sans trouble, sans soucis et sans inquiétude ;
Manger, boire et dormir seront ma seule étude ;
Je rirai quelque fois de mes vieilles amours.
Lorsque dans son courroux l'inexorable Parque
D'une si douce vie éteindra le flambeau,
Je descendrai gaîment dans la nuit du tombeau,
Et j'irai des enfers égayer le monarque.

A Mesdames C.*** et B.***

Quelle nouvelle ardeur m'inspire !
Quel dieu me guide à l'hélicon !
J'avais abandonné ma lyre
Et fuyais le sacré vallon,
D'où vient que ce berger si tendre,
Se disait-on dans le hameau,
Ne daigne plus nous faire entendre
Les doux sons de son chalumeau !

Jadis il aimait ce bocage
Où d'Iris il suivait les pas :
Il soupirait sous cet ombrage ;
Pourquoi n'y vient-il plus hélas !
Au doux murmure des fontaines
Il mêlait sa plaintive voix ;
Il aimait à conter ses peines
Aux belles nymphes de ces bois.

Reprenez vos danses légères,
Tircis plus tendre et plus heureux
Va revenir, belles bergères,
Se mêler encore à vos jeux.
N'accusez de ma longue absence
Ni mon humeur, ni mon dédain :
Je souffrais d'un si dur silence ;
Mais las ! je cédais au destin.

Rempli d'une amoureuse ivresse,
Je soupirais des vers pour vous,
Lorsque d'un ton plein de rudesse
Apollon me dit en courroux :
Laisse l'amour et son langage,
Préfère au mirthe les lauriers;
Viens chanter sur les bords du Tage
Nos victoires et nos guerriers.

Que loin des bosquets d'Idalie
Je chante l'horreur des combats !
Dieu des vers, c'est une folie;
De grâce ne l'exigez pas.
J'aime bien mieux chanter et peindre
Les charmes ravissans d'Iris.
Grand Dieu, cessez de me contraindre;
Aux pleurs, je préfère les ris.

Le fier partisan de Bellonne
Que Mars ceint d'un laurier sacré,
Malgré l'éclat qui l'environne,
N'est pour moi qu'un monstre abhorré.
Si l'histoire moins infidèle
Eut mis Alexandre à son rang,
Le vainqueur d'Issur et d'Arbelle
N'eut jamais eu le nom de grand.

Est-on grand pour réduire en cendre
Plus des trois quarts de l'Univers?
L'est-on pour oser entreprendre
De mettre cent peuples aux fers?

Des princes, des héros de Rome,
Numa fut le plus heureux.
La paix régna sous ce grand homme,
Et ses peuples furent heureux.

Va dévaster, piller le Monde,
Insatiable conquérant,
Oui, va couvrir la terre et l'onde
De pleurs, d'injustice et de sang ;
Mais n'attends pas que sur ma lyre
Je chante jamais tes succès :
Dès ce jour je cesse d'écrire,
S'il faut célébrer des forfaits.

Le Dieu de la double colline
Qui m'écoutait impatient,
Rempli d'une ardeur peu divine
M'impose silence à l'instant :
Puis, dit-il, des bords d'Hypocrène
Et de ces bosquets toujours verts ;
Je te condamne, pour ta peine,
A ne plus écrire des vers.

J'ai su fléchir par ma prière
D'Apollon l'injuste courroux ;
Un voyage fait à Cythère
L'a rendu plus tendre et plus doux.
Je puis encor vous faire entendre
Quelques couplets de mes chansons ;
Pour rendre le concert plus tendre,
Mêle, Iris, ta voix à mes sons.

ROMANCE.

*A Mlle. F.****

Vous allez faire d'un époux
Les délices, le bien suprême ;
D'un bonheur si tendre et si doux,
Vous rendrez jaloux les dieux même :
Pour moi dont le sort rigoureux
Condamnerait une autre flamme,
Je me charge en ce jour heureux
De faire votre épithalame.

Si lisant au fond de mon cœur
Le ciel exauçait ma prière,
Dans le temple saint du bonheur
Vous seriez toujours la première :
On vous dresserait des autels,
Des amours vous seriez la reine,
Les hommes et les immortels
Vous prendraient pour leur souveraine.

Goûtez mille agrémens divers
Près d'un époux sensible, aimable ;
Et puisse, autant que l'Univers
Votre bonheur être durable !

Dans vos plaisirs, dans vos amours,
Toujours séduisante et fidèle,
Faites comme fait tous les jours
La douce et tendre tourterelle.

Le poëte et le musicien
Seront flattés de votre estime
Sans blesser les droits de l'hymen
On peut en témoigner sans crime.
Favorisez-nous quelquefois
D'un innocent et doux sourire,
Et daignez mêler votre voix
Aux humbles sons de notre lyre.

A Mademoiselle H.***

Vous êtes du jardin de Flore,
Iris, la plus brillante fleur,
De la rose qui vient d'éclore
Vous avez toute la pudeur.
Gardez que le zéphir volage
Ne ternisse votre couleur :
Belle, qui cesse d'être sage
N'a plus de droit au bonheur.

Le bonheur est dans l'innocence
Et dans les chastes sentimens,
Éloignez de votre présence
Les séducteurs et les amans ;
Voyez le destin de la rose
Qu'a caressé le doux zéphir,
Un seul baiser, Iris, est cause
Qu'on la voit déjà se flétrir.

La tendre et trop sensible Œnone
Prodigue à Pâris ses appas ;
Mais bientôt l'ingrat l'abandonne
Pour la femme de Menélas.
Le fils de Priam est l'image
De tous les amans d'aujourd'hui ;
Chacun d'eux, flatteur et volage,
Est trompeur, ingrat comme lui.

A Mademoiselle D.***

Pour peindre la divine Hébé
Je cherchais un joli modèle.
Je l'ai trouvé, Mademoiselle;
C'est vous qui me l'avez donné.
Vous ressemblez à la déesse,
Riante, aimable, enchanteresse,
A s'y méprendre à chaque trait,
Et j'aurai fini son portrait,
Lorsque dans ma brûlante ivresse
J'aurai dépeint votre fraîcheur,
Vos jolis yeux, votre sourire,
Cette bouche où Flore respire,
Votre gaîté, votre candeur;
Comme vous Hébé savait plaire,
Elle enchaînait tout sous ses lois:
Vous avez son joli minois
Et sa taille svelte et légère:
Elle plut au maître des dieux;
Vous plairiez à tout l'empirée,
Et vos attraits feraient des cieux
Bientôt la conquête assurée.
De l'agréable et frais printemps,
Comme Hébé, vous êtes l'image.
Puissiez-vous de la faulx du temps
Ne jamais ressentir l'outrage!
Daignez long-temps de l'Univers
Être le charme et le délire,
De vos beaux doigts monter ma lyre
Et m'inspirer de tendres vers!
Je vous tais que je vous adore,
Vous ririez, vous auriez raison:
Vous avez le teint de l'aurore,
Et j'ai les rides de Tithon.

A LA MÊME.

INSPIRE-MOI de doux accens,
Docte et sensible Polymnie,
J'ai besoin de tout ton génie
Pour m'exprimer en nobles chants.
J'adore, je chante une belle
Riante, aimable comme toi;
Sœur d'Apollon, inspire-moi
Des vers tendres, jolis comme elle.

Mais ciel! quel nouvel Apollon,
Quel songe me flatte ou m'abuse?
Je vois une dixième Muse
Accourir du sacré vallon.
Est-ce vous, bergère charmante,
Qui m'inspirez seule aujourd'hui?
Je n'ai pas besoin d'autre appui,
Si vous dictez ce que je chante.

Adonis n'eut aimé que vous:
Vos attraits du dieu de la gueure;
Du maître puissant du tonnerre
Auraient désarmé le courroux.
Aglaé fut bien moins jolie,
Vénus inspira moins d'amour;
Et vous éclipsez tour-à-tour
La belle Euphrosine et Thalie.

Le printemps n'est pas aussi frais,
L'aurore n'est pas si vermeille;
Flore ne vous est point pareille,
Hébé n'eut pas autant d'attraits.
Vous savez soupirer et plaire,
Vous traînez les cœurs après vous:
L'amour content à vos genoux
Oublie et Paphos et sa mère.

VERS

*Adressés à Mlle. S.****

Je vous revois à peine, et je sens dans mon âme
Ce noble sentiment, cette céleste flamme
Qu'inspirent les vertus, l'esprit et la beauté.
Délicieux transports, voluptueux délire,
Mon cœur peut vous sentir, mais ne peut vous décrire
Qu'avec plaisir, hélas! je perds ma liberté.
Mais lorsque je commence à jouir de vos charmes,
Vous allez, me dit-on, embellir d'autres lieux;
Je ne puis y penser sans répandre des larmes;
Je ne pourrai survivre à vos tristes adieux.

A MADEMOISELLE D.***,

QUI avait cru trouver une déclaration d'amour dans les vers que je lui avais adressés.

IL fut un temps où de ma lyre
Les sons étaient intéressés.
Aujourd'hui ces temps sont passés ;
Je n'écris plus que pour écrire.
Gardez-vous de vous alarmer
Des aigres sons d'un luth antique :
Mon cœur est sec comme une brique,
J'ai déchiré mon art d'aimer...
Chacun a son goût qui le guinde ;
Le mien est de faire des vers,
Et d'accompagner de mes airs
Les doctes pucelles du Pinde.
De la belle de l'Eurotas
Je chante l'amoureuse fuite ;
Je chante Vénus et sa suite,
Les belles de tous les climats ;
Je peins la fraîcheur de l'aurore,
L'éclat radieux d'un beau jour,
Je décris l'aimable contour
De la rose qui se colore.
Je varie ainsi mes accens :
Tantôt c'est le lilas superbe,

Tantôt la fleur qui croît sur l'herbe,
Qui font le sujet de mes chants.
Loin des bois sacrés d'Idalie
Je suis content, je suis heureux ;
Et je ne suis plus amoureux
Que de la folâtre Thalie
Si parfois je parle d'amour,
Si j'écris que je vous adore,
C'est que l'on se souvient encore
De ce que l'on fesait un jour.
Vous êtes au printemps de l'âge,
Dans la saison des doux plaisirs ;
Suivez vos penchans, vos désirs ;
Le temps un jour vous rendra sage.
Puissiez-vous alors quelquefois
Vous attendrir sur votre lyre,
Et trouver du plaisir à dire
Ce que vous fûtes autrefois !

A M.e A.**

Du dieu de Paphos, d'Idalie
J'avois brisé l'arc enchanté ;
J'avais repris ma liberté,
Et traitais l'amour de folie :
Je vous ai vue, et ce beau feu
Embrâse de nouveau mon âme ;
Chloris, si vous blâmez ma flamme,
Pardonnez-m'en du moins l'aveu.

A Me CHLOÉ,

PARTANT pour sa Campagne.

Adieu, bergerette,
Vous partez seulette
Sans chiens, sans amis.
Que Dieu vous protège
Sur ces monts de neige,
Vous et vos brebis.

Souvenez-vous, belle,
D'un berger fidèle
Qui se meurt pour vous.
Que le ciel m'entende
Et Pan vous défende
De la dent des loups.

Que ne puis-je vivre,
Bondir et vous suivre,
Parmi vos troupeaux !
Partageant vos peines
Et tondant les laines
De vos doux agneaux !

Je crains la houlette,
L'humeur inquiète

D'un pâtre grossier,
Qui sous un vain titre,
Tyrannique arbitre,
Vous garde en geolier.

Belle, intéressante,
Qu'amour vous contente
Dans tous vos désirs.
Que Vénus, les Grâces
Mènent sur vos traces
Les jeux, les plaisirs.

Sur l'herbe fleurie,
Bergère chérie,
Chantez mes chansons,
Qu'à l'ombre d'un hêtre
La flûte champêtre
Se mêle à vos sons.

Privé de vos charmes,
Je verse des larmes
La nuit et le jour.
Rien ne me console
Que votre parole
D'un prochain retour.

ROMANCE

A LA MÊME,

A l'époque de son départ de B.

CHLOÉ, tu vas loin de ces rives
Charmer, embellir d'autres lieux :
Nos bergères, tristes, plaintives
S'attendrissent à tes adieux ;
Et la nymphe de Caramie
Grossit son onde de ses pleurs,
Le départ d'une tendre amie
Porte le deuil dans tous les cœurs.

Le berger désolé, stupide
Va mettre fin à ses chansons ;
Ce sol va devenir aride,
L'été va refuser ses dons.
Le printemps, ses fleurs, sa verdure,
L'automne vermeille, ses fruits :
Plus de gaîté, plus de parure,
Nos jours vont se changer en nuits.

Moi-même qui mettais ma gloire
A te célébrer quelquefois,
Chloé, daigneras-tu m'en croire ?
Je n'ai plus ni verve, ni voix :
Je descends de la double cime
Et de l'Hélicon révéré.
Sans toi, l'inventeur de la rime
M'aurait-il jamais ins[illegible]

FI[illegible]

www.ingramcontent.com/pod-product-compliance
Ingram Content Group UK Ltd.
Pitfield, Milton Keynes, MK11 3LW, UK
UKHW020113240726
13926UKWH00011B/1215

9 782014 434415